유럽의 시골길은
숨바꼭질을 좋아한다

유럽의 시골길은
숨바꼭질을 좋아한다

ⓒ 이광수, 2024

초판 1쇄 발행 2024년 4월 25일

지은이   이광수
펴낸이   이기봉
편집   좋은땅 편집팀
펴낸곳   도서출판 좋은땅
주소   서울특별시 마포구 양화로12길 26 지월드빌딩 (서교동 395-7)
전화   02)374-8616~7
팩스   02)374-8614
이메일   gworldbook@naver.com
홈페이지   www.g-world.co.kr

ISBN   979-11-388-3034-8 (03810)

유럽의 시골길은
숨바꼭질을 좋아한다

이 땅을 떠나 불편함과 낯선 것들과 만남이다

이광수 지음

갑자기 찾아온 첫 외국 여행, 50일 여행의 일상을 적다

젊었던 만큼 세상에 관심이 많았다. 보고 싶은 것, 들어야 할 것들.
도시 생활은 그런 것들을 만들어 냈다.

좋은땅

저자의 서

젊었던 만큼 세상에 관심이 많았다.
보고 싶은 것, 들어야 할 것들.
도시 생활은 그런 것들을 만들어 냈다.
주말이면 터미널로, 기차역으로
밤 10시가 넘어가는 시간에도
길을 찾아가는 분주한 밤이다.
남도의 새벽을 맞이하고
지칠 만하면 벗어 놓고 돌아와
다시 업고 힘들 때까지 달리고
나이 들어 타협하고 시들하게 살다가
갑자기 찾아온 첫 외국 여행.
50일 여행의 일상을 적다.
그저 편안하게.

24년 牛耕堂에서

암스테르담
네덜란드

벨기에

파리

프랑스

하이델베르크

로멘틱 가도

프라하

체코

독일

스위스

잘츠부르크

오스트리아

돌로미티 산맥

슬로베니아

산마리노

피렌체

토스카나 지방

이탈리아

로마

아말피

차례

Ⅰ. 설레임, 환희

Ⅱ. 일상, 그리고 편안

Ⅲ. 피로, 그리고 아쉬움

I.
설레임, 환희

배낭을 챙기다

처음이다
익숙한 것 당연한 일이 일상이다
이 땅을 떠나
불편함과 낯선 것들과 만남이다
유럽으로 떠난다
50여 일의 여정이다
오월의 녹음
유월의 푸르름이 피어나겠지
미지의 땅이다
설레임과 두려움의 바람이 분다
많은 경우의 수는 상상하지만
일어나는 많은 일들은
상상 밖에서 일어난다
최고의 상황은 짧게 지나가고
최악의 그 한계를 쉽게 뛰어넘는다
완벽한 준비는 없다
편안하고 빨기 쉬운 옷
티셔츠 몇 장 속옷 바지 두 벌이다
노트 한 권을 넣는다

로마 다빈치 공항에 내리다

안전띠를 착용해야 한다
갑작스러운 행운이다
갑자기 여행에 던져졌다
깊은 설레임 없다
두려움도 생각할 여유도 없이
진동이 멈추고
열한 시간의 지루함이 착륙한다
하늘과 눈 맞추고
이탈리아의 공기를 마신다
출입국장이 줄을 세운다
뒤섞이는 언어가 쏟아진다
각양각색의 눈동자와 마주친다
로마다
꼬리가 길어진다
창구가 늘어나고
기다림에 붙들렸던 이들이 사라진다
긴장감이 각을 세운다
쾅! 로마 입성을 알린다

이태원이라 생각하다

이태원이다
그렇게 생각하기로 했다
두려움보다는 설렘이다
영리한 청년이 있다
걱정스러움은 멀리 있다
공항버스를 타야 한다
티켓 판매소가 숨었다
여덟 개의 눈동자가 술래가 된다
답답함이 부푼다
편안함은 택시에 머문다
밖으로 나선다
왔다 갔다
큰아이가 티켓을 사 왔다
정류장, 기다림이 좋다

콜로세움의 시간은 거꾸로 흐른다

침묵이 숨을 쉰다
기둥이 잘렸다
경기장에 서늘함이 흐른다
열기로 태양마저 떠났다
어둠은 칼날이 되어 몸을 감는다
문이 열리면 부딪쳐야 할 세상
붉은 사자의 눈
미쳐 버린 함성
심장이 버티어 줄까
끝은
본능으로 달아나고
일념으로 칼을 휘두른다
내 몸의 주인은 난데
내 생명의 주인은 누구인가

크락쿠스 캠핑장에 짐을 풀다

들판은 오월의 품 안이다
달리면 닿을 수 있는 듯
달려가는 만큼 산은 도망친다
터널도 굽은 길도 없이
푸른 물감 위에 검은 고속도로를 달린다
폼페이로 가는 길
낯선 불편함을 즐거움이 덮는다
하늘과 구름이 이국의 풍경을 그린다
산이 다가온다
집들이 가까이 모여든다
조심스러운 시내 주행이 끝났다
목적지 크락쿠스 캠핑장이다
동양인의 출현에
폼페이 청년이 낯선 웃음을 던진다
나무가 그늘을 만든다
차를 세우고
로마에서 구입한 텐트를 펼친다
세 남자의 손에서 완벽하게 끝났다
이제, 풍경이 보인다
폼페이가 우리를 내려다본다

시선들이 우리에게 모아진다
넓고 큰 화장실과 샤워장
저녁, 캠핑장 레스토랑에서 맥주를

소렌토 고양이의 환영을 받다

낯설지 않은 이름이다
굽은 긴 터널이 소렌토라고
중앙선을 넘어 달리는 차량이 위태롭다
익숙한 것이 하나도 없는 길
중앙선도 없는 좁은 도로
신선함보다는 낯선 불편함이 앞선다
모퉁이를 돌자
푸른 지중해가 쏟아진다
푸른 바다가 절벽 밑으로 던져진다
서커스 하듯 집들이 절벽에 매달린다
차들이 스쳐간다
길가 차가 서 있다
망설임 없이 브레이크를 밟는다
지중해 바람에 샤워를 한다
보고 싶었던 풍경
갈망하고 오고 싶었던 곳
여기에 있다는 이유로 행복하다
야- 감탄사를 카메라에 담아 본다
자연의 아름다움이 달려든다
해안도로를 달려 시내에 도착하다

지하 주차장을 나서니

거리는 여행북에 사진으로 현상되었다

레스토랑 의자가 유혹한다

긴 계단길이 바다에 빠졌다

고양이가 길을 막는다

하나둘 모여들지만

거리를 허락하지는 않는다

그래도, 한 놈 다가와 비비적거린다

해풍에 머리카락 날리며

피어나는 웃음을 카메라에 담는다

포지타노 골목길은 미로다

푸른 절벽
좁은 해안도로
끝이 보이지 않는 꼬불길
슬쩍슬쩍 풍경을 담으며
운전대를 두 손으로 잡는다
절벽 흰색의 집들이
햇살을 눈부시게 만든다
마을로 내려가는 길
주차장마다 가득 찼다
잘생긴 이태리 남자가 다가온다
parking ok, ok
주차 요금이 날개를 단다
마음이 급하다
내려가는 길은 달동네 좁은 미로다
예쁜 대문, 창가마다 매달리는 꽃들
대문 여는 젊은 커플이 있어
'뷰티풀' 하니 살며시 웃는다
불편한 길에 관광객이 몰려든다
우리는 밀어내고 편한 길을 만들었겠지
당나귀나 겨우 지나간다

마주치면 어깨를 살짝 비켜야 한다
파라솔이 바닷바람과 대화 중이다
허리 깊이 의자에 묻고 커피를 마시고 싶다
여기 살아, 바람이 속삭인다

폼페이, 바람에게 묻다

바람은
왜! 이리로 불었을까
누가 불러들였을까
아침에 창문 열면
새처럼 지저귀던 바람이었다
바람이 어둠으로 물들었다
아침이면 불 지피며
시작하던 일상이 멈추어 버렸다
비상구도 없는
먹먹한 현실 앞에
웅크리고 기다릴 수밖에 없다
희망이라도 작은 빛도
검은 비는 허락하지 않는다
신의 은총을 기다리며 잠든다

라벨로 풍경에 빠지다

오른쪽 지중해의 푸른 절벽이 있다

언덕으로 오르는 길

직진만을 강요하는 내비게이션에 따르다

몇 번의 유턴을 하는 길이다

찾아낸 오르막길 대관령 길이다

커브를 돌 때마다 긴장감이 삐죽거린다

광장 카페 의자가 심심하다

지중해는 섬과 배를 품었다

새로운 만남이 즐거움을 부른다

잠깐만 머물자던 마음은 잊은 지 오래다

담장마다 푸른 산이 자라고

벽마다 노란 꽃들이 수를 놓는다

한 시간의 약속이 무너졌다

지중해 빠졌다

가고 싶지 않다

'여기에 살아도 돼' 바다에 묻는다

조금만 더

어둠이 바다를 삼킨다

되돌아가는 길이 아닌 낯선 길

숙소로 가는 지름길

라티나 농부의 집에서 아침을 맞다

이태리 남자가 되었다
커피 들고 문을 나선다
밤새 내린 비로
찬 기운이 기대어 온다
장미꽃이 신선함을 차려 놓는다
주인 남자가 인사
잡음 같은 이태리어
'하이' 고양이가 인사한다
고양이 세 마리 키운다고
손가락 세 개를 펴 본다
뭐라고?
농막 보고 걷는다
올리브 나무 그늘
농기구들이 휴식 중이다
채소가 싱그럽다
남자가 건초를 풀어 놓는다
'Pretty' 하니 문을 열어 준다
당나귀를 살짝 쓰다듬다
'그라시아스' 하고 오는 길
강아지 한 마리가 달려온다

라티나 와이파이는 9시에 터진다

아침 9시
와이파이가 터졌다
사람들이 보이지 않는다
들로 나갔을까
한적한 들길이 산을 오른다
밤새 안녕을 생각하며 폰을 연다
어제 들여다본 것들이 그대로다
페북에 흔적을 찾아본다
여기는 아침
거기는 낮, 바쁜 시간이다
화면을 덮고 산과 인사를 한다

브로콜리소나무의 열병식을 받다

빗방울이
브러시를 밀어낼 때마다
풍경 사진이 바뀐다
언덕이 푸르게 물들고
트랙터가 하늘로 향하는 길을 연다
양 떼가 구름처럼 흘러가고
집들이 언덕에서 구름을 부른다
능선을 따라 브로콜리소나무가 흐르다
하늘에 부딪힌다

성(城) 높은 곳을 좋아한다

두려움이 산으로 향하게 한다
걱정이 산길을 오르게 한다
내려다보는 평화로움이
돌 나르고 나무를 잘라 성을 세운다
들로 나가는 아침 길도 행복하다
고단한 저녁 길도 즐겁다
들어서면 골목길 있다
대문마다 편안함이 붙어 있다
잠들면 천국이 된다

도로는 산과 술래잡기 중이다

유럽의 산은

길을 보여 주지 않는다

달릴 수 있을 만큼만

먼 길을 보여 주지 않는다

지루할까

눈앞에 가까운 길만

들판도 길을 감춘다

길 위에 서야만 길이 생긴다

힘들지 않을 만큼만

길을 만들어 가볍게 한다

길의 끝이 보인다

언제나

페루자 아파트 좁은 계단을 오르다

조금 부족한 영어와
아줌마의 까다로운 영어가 섞인다
회랑식 계단
어둠부터 익숙하지 않다
층수도 모르고
그리고, 발길이 멈추고
삼발이 열쇠가 구멍으로 파고든다
딸칵 소리가 아파트 문을 연다
작은 방과 좁은 창문이다
좁은 주방과 작은 싱크대다
불편함보다 편안하다
비로 야영을 못 하고
짐을 옮겨야 하는 무거움도
주차장이 없어 불편해도
피로를 풀 수 있어 행복하다
현지인처럼
또 하나의 낯선 즐거움이다
짐 풀고 저녁밥을 짓는다

이태리에서 아침 커피를 마시다

열흘이다
아침이면 커피를 마신다
눈뜨고 물을 끓인다
아메리카노를 탄다
문 열면 주변에 의자가 있다
탁자에 잔을 놓고
바람에 몸을 맡긴다
낯선 풍경과 마주 앉는다
먼 거리를 달려와
엽서 속에만 보았던 풍경이다
몇 날 '와'로 울리던
놀란 즐거움이 없다
혼잣말처럼 예쁘다
일상처럼 주인에게 인사를 건넨다
'본 조르노' 통하지 않아도
지금 에워싼 환경이 좋다
커피 한 잔으로 충전 중

페루자 아파트의 세탁기 문은 열기 힘들다

오래된 아파트 앞
예쁜 이태리 여인이 차에서 내린다
상가 앞 주차장을 가르킨다
청년이 여인을 뒤따르고
차 트렁크를 열어 짐을 챙긴다
때 묻은 좁은 아파트 계단
여행 가방이 점점 무거워진다
작은 방 둘, 작은 욕실이다
넷이 앉으면 가득 차는 주방
세탁기와 눈이 마주쳤다
반가움이 소리친다
세탁기 문 off다
50대는 그렇고
20대의 시도에도 벌리지 않는다
많이 다르다
문자로 알아낸 방법
모르니 어렵지

아씨시는 과거로 흘러간다

나지막한 푸른 평원을 지나
파스텔 톤의 아씨시성을 만난다
아이보리와 황토색이 섞여진다
흰색 성당이 가로막는다
과거의 공간에 현재의 시간이 흐른다
광장 아치형의 통로가
중세 유럽의 시간 속으로 끌어당긴다
현대 복장에 사람들이 없었다면
중세의 풍경에 깨어나지 못한다
덕지덕지 시간이 묻은 대리석 길
순례자들의 걸음을 기억한다
오늘도 종탑이 순례자들에 말을 전한다
집들이 골목길을 품고 있다
당나귀가 지나던 길이 계단이 되었다
시간이 흘러내린 대문이 비를 피한다
창문에 매달린 화분들이 종알종알
예전 누군가 망루에 올라
평원을 보며 마을을 지켰을 것이다
지금 차가운 시간만이 머문다
지은이를 기억하지 못하는 건물

집이라는 이름으로 먹고 자고 산다

창 너머 소리가 흘러내린다

암호화된 이야기라도 행복이 전해진다

중세 공간에 불편함이 수백인데

버리지 못하는 하나가 있어

아침이면 창문을 열고

밤이 찾아오면 덧문을 닫고

불 켜고 식탁에 모여 앉는다

이탈리아 '코나드'에 들리다

유럽의 농촌 풍경이
차창 안으로 그림처럼 들어선다
익숙하지 않은 새로운 길이다
풍경에 젖었던 마음 놓고 차에 오른다
이제 가는 길은 오는 길에 비해 덜 낯선 길이다
숙소 가는 길 '코나드' 들리다
서울 마트에 가듯이 카트를 앞에 세운다
동양인의 등장에 누구도 신경을 안 쓴다
아무렇지 않게
가격표를 확인하고
저녁 메뉴는 스파게티다
아파트에서 해 먹기로 했다
사 먹으나 해 먹으나
소스도 면도 다양하다
가격도 주저앉았다
그녀는 과일을 카트에 담으며
"비싸서 못 먹는데 여기서 많이 먹자"
청년들은 축산물 판매대 앞에
다음에
소도시라 현금이다

저녁 먹을 생각 계단 오르는 길이 가볍다
좁은 주방이 시끄러움으로 가득하다
스파게티가 올려졌다
이태리산에 요리 솜씨가 섞여서
행복한 저녁이 익는다

산마리노 쌍무지개 품다

호텔이다
네모나고 높은 지붕
화려한 라운지가 없다
퇴색된 3층 건물에 화려한 간판이 없다
1층은 라운지 겸 식당
오랜만에 아침을 챙겨 주는 잠자리
며칠 야영 아니면 민박이었다
제대로 놀러 온 관광객이 되었다
짐을 끌면서 입실이다
더블 하나 싱글 둘에 작은 공간이다
호텔 느낌은 아니다
성에 오르는 길
멈추었던 비가 내리기 시작한다
걸음을 되돌리다
저녁 무렵 비가 그쳤다
지름길 계단을 오른다
나무들이 풍경을 감춘다
대문을 들어서니 성곽이 풍경을 풀어놓는다
빨간색 지붕들이 안개와 숨바꼭질 중이다
구름에 가려진 모습이 신비로움을 품다

산마리노는 이슬비에 촉촉하다

카메라 렌즈를 열어 보지만

좁다 좁다 하면서 풍경이 들어오지 않는다

서쪽 하늘이 무지개 건다

모두 행운을 불러 본다

카페마다 불이 켜지고

불빛 하나가 의자 하나를 가리킨다

취했다 가세요

피란에서 환생을 생각하다

슬로베니아 캠핑장 아침

아드리아해의 해풍이 텐트 안으로 밀려온다

청년은 오늘도 차박이다

목적지는 피란이다

창 너머 파란 바다가 따라온다

마을이 와락 달려든다

토끼 꼬리 같은 해안

빨간 지붕만 보이던 것이 앞에 있다

내려가는 길 성곽이 길을 막는다

문이 열려 있다

2유로라는 안내판이 달랑거린다

서성거리는 시간이다

성곽에는 피란의 풍경이 있다

풍경에 홀렸다

길을 보여 주지 않는 지붕이 해안을 붉게 물들인다

넓은 정원과 예쁜 집이 성곽에 기댄다

올리브 나무가 가득 채운다

갑자기 그녀가

'다음 생에는 슬로베니아 피란에 이 예쁜 집에 외동딸 태어

나게 해 주세요!'

'결혼도 안 하고 자식도 안 낳고 피란에서 평화롭게 살게
해 주세요!'
바람이 그렇게 했을까
바다가 부추겼을까

아드리아 해변 벤치에 눕다

아침,
햇볕에 눈 감으면
평화가 온몸으로 전해진다
새소리가 수면제
내가 잠들기를 청한다
호수를 튕기는 햇살이
눈을 찌르며 잠을 쫓는다
낡은 벤치가
호텔의 침대보다 편하다
한 시간 아니 하루는
모든 것을 잊고 잘 수 있겠다
밑으로 밑으로만 가라앉는
마음 쫓아 여행을 떠난다

산 달마지오 수영장 선베드에 눕다

선베드에 눕다
구름 밑으로 선선함이 흐른다
벌거벗은 발등이 식어 간다
구름이 밀려가면
태양이 따가움을 쏟아낸다
구름이 오고 구름이 가고
바람이 가고 햇볕이 오고
흘러가는 하늘 밑에서
한가로운 오후의 시간과 논다
인적 없는 조용함이
인도를 홀로 걸어간다

초원에 스며들다

초원과 하늘 사이에 아침이 끼였다
몸이 푸르게 물들고 마음은 파랗게 젖어든다
지나가는 시선마다 평화다
구름이 그늘을 만들면 집들이 옹기종기 모인다
바람이 구름을 밀어내면
피치핑크색의 집들이 세수한 얼굴로 환하게 웃는다
살랑살랑 졸음이 밀려오면
수영장 비치파라솔 밑 흰색 의자에 등을 깊게 묻는다
새소리가 잠을 쫓지 못한다
발에 스며드는 느긋함
가슴으로 스며드는 평화
정적을 깨우는 교회 종소리가 잠을 밀어낸다
눈 뜬 세상은 싱싱한 푸르름이다

산 달마지오 들판은 하늘을 물들이지 못한다

초록의 들판이
푸른 하늘을 물들이지 못한다
푸른 하늘이
초록의 들판을 적시지 못한다
중간쯤에 경계를 두고
하늘이 구름을 그린다
시샘하는
들판이 색색의 꽃들을 피운다
하늘이 있어 들판이 푸르고
들판이 들어 올린 하늘이 푸르다
한 몸이 되어 버린 풍경이
가슴속 깊이 판화처럼 찍힌다

파라솔 밑에 노트를 펴다

둥그런 분지
수영장 파라솔 밑에
평화로운 풍경을
맞대고 앉아 펜을 잡는다
가슴으로 담고
눈으로 읽어 보지만
글은 풍경을 그려 내지 못한다
사진이라도 잡아 보려 하지만
둥근 하늘은 끝내 잡히지 않는다
선베드에 누워
쏟아지는 하늘을 안아 보지만
받기에 나의 팔이 너무 짧다

트랙터는 아티스트

평원의 하늘은
언제나 동그랗게 내려앉는다
같은 키의 언덕들이
어깨동무하고 둘러앉는다
능선 따라 나무들이 줄을 만든다
언덕에는 오월이 자란다
땅은 밀을 초록으로 키운다
길 없는 들판은
트랙터가 길을 그린다
골짜기 따라
나무가 그늘을 만들어 냇물을 식힌다
풀은 물을 가리고
소리만이 냇물을 이야기한다
보고 또 보고
눈이 나빠질 이유가 없다
문득 생각하니 이곳 사람들은
안경을 끼고 있지 않다
주인 할아버지 할머니도

두오모 성당의 계단은 가파르다

폰타시에베 아파트에서
피렌체로 출발하는 시간은 여유롭다
미켈란젤로 광장의 주차장은 주말이다
긴 기다림 짧은 파킹
내려가는 계단은 사람들의 숲이다
벤치에 몸을 깊이 묻는 사람들
목적지 두오모 성당이다
긴 줄에 꼬리를 잡는다
바람이 거세지기 시작한다
비바람이 광장을 가로질러 달려든다
기다림의 줄이 흐트러지고
들려 있던 우산들이 날아간다
빈틈을 만들지 않는 빗줄기가
우산 없는 사람들 때린다
청년의 머리로 수직으로 낙하하는 비
파카 방수 기능은 떨어지고 몸은 식어 간다
줄은 줄어들지 않고 비는 광장을 덮는다
큐폴라 올라가는 문이 열렸다
축축함을 입고 구불구불 좁은 계단을 오른다
마주치면 벽에 기대고

돌고 돌고

기다려 내려오고 멈추었다 올라가고

거친 숨소리가 발소리를 누른다

땀 냄새가 벽에 붙는다

정상이다

하얀 살과 빨간 머리의 피렌체는 샤워 중이다

골목길은 들로 가고 도로는 강을 건넌다

우산으로 피렌체를 씌운다

II.
일상, 그리고 편안

블레이드성은 공사 중이다

내비게이션은 목적지임을 알린다
첨탑이 멀리 보인다
산모롱이를 돌아서자 낯선 풍경이 벌어졌다
도로공사 안내 표지판, 안전 펜스가 늘어선다
내비는 직진을 지시하는데
안내자는 우측 길을 가르킨다
목적지에 점점 멀어진다
다시 돌아와 가도 엉뚱한 길
돌고 돌아서 호수 있는 시내로
주차장은 차들로 쉴 공간이 없다
한 시간 무료 주차 부족하다
모두 나가 뛴다
2시간 티켓을 끊으니 평온이다
오르는 길은 동양인들이다
익은 말소리에 눈을 돌리면
한국인 단체 관광객이 있다
대부분 여성이고 몇 명의 아저씨
타워 크레인이 첨단에 걸려 있다
어수선한 풍경
그녀만 들어가고 돌담에 앉다

패키지 관광객을 보며
자유 여행의 여유로움을 즐긴다
풍경만 빼면 동아시아의 한 도시이다
중국인의 특별한 억양이 주변을 채운다
사진 몇 장을 찍다
호숫가를 걷다가 아이스크림 먹다

오스트리아 냇가에서 늦은 점심을 먹다

점심시간이 지났다
도시락 통은 열지 못했다
적당한 장소를 찾아야 한다
차 세울 공간이 없다
1시를 훌쩍 넘었다
한적한 시골
냇물이 흐르고
오래된 나무다리가 있다
하류에서 낚시를 한다
공터에 차를 세우고
서양 강태공들을 본다
송어를 잡고 있을까
상류 쪽 냇가를 걸어
모래와 작은 자갈이 깔린 곳에
도시락 통을 열다
설산의 물이 파랗게 질려 흐른다
손이 시리다
조금 늦은 점심이다

오스트리아 어린 농부를 만나다

엽서 같은 풍경이 차를 세운다

구릉 위에 푸른 초원

하얀 벽의 농가 주택이 외롭다

작물이 푸른 물결을 만든다

트랙터가 다가온다

운전대에는 7살의 어린 아이

젊은 아빠는 뒤에

아들이 운전하고 아빠는 바라만 본다

풍경 앞에 시간이 비껴간다

트랙터가 돌아선다

아빠의 손이 움직이고

진지한 아이의 얼굴이

아빠의 편안한 얼굴에 클로즈업 된다

풍경화 빠졌다

풀들이 푸른 냄새를 뿌린다

안나부르크에서 전통 행렬을 만나다

한적한 도로
유럽 풍경화 빠졌다
보는 것으로 행복하다
자유 여행이다
모두 웃음을 달고 달린다
산 구비 돌아
마을로 접어들 즘에
차들이 멈추어 선다
전통 복장의 사람들을 만나다
이런 행운이
말 탄 기수 몇 명이 녹색의 기장을 들고
트럼펫 아코디언 연주하는 악단이 따른다
오른쪽에 곤색 치마 입은 여인들이
왼쪽에는 녹색 조끼 입은 남정네가 있다
다양한 색깔의 전통 복장
남녀노소가 뒤섞여 있다
마을회관 앞에 늘어서 행렬을 기다린다
결혼식인가 마을 행사인가
카메라를 올리니 살짝 웃음을 짓는다

파사우에서 지난해의 첫눈을 만나다

푸른 언덕에
하얀 커다란 눈덩이가 머문다
6월의 햇살에도
푸른 초원에 자리 잡고
일광욕을 즐긴다
녹지 않는
저 눈은 첫눈이었다
녹지도 못하고
뒤이어 내리는 눈에
하늘 못 보고 누워 있다가
이제 하늘과 만나고
구름을 보고
푸른 여유로운 여름휴가
맨 먼저 왔다가
맨 나중에 떠나는
긴 여행의 아쉬움

물은

물은 자유롭다
스스로를 통제하지 않는다
우묵한 곳에 모여
호수라는 이름으로 산다
평화로운 물결로 햇볕을 만나
산비탈 달려오던 급한 마음도 잊고 산다
배를 띄워 유람선 하나로 풍경 담고
가슴 비우고 산 그림자를 그려 낸다
달빛 없는 날에도 소리 없이 꿈을 만든다

볼프강은 예쁜 집들을 가졌다

산의 고요함이 물을 품는다
호숫가 구릉에
초록의 들판이 심어진다
가위바위보로 이긴 사람이
좋은 자리에
뾰족한 지붕을 올리고
덧창 달아 창문을 매단다
선착장에 보트 묶고
물 가운데 요트 깃을 세운다
아침이든 저녁이든
마음 내키면 물속으로 뛰어든다
아침, 젊은 연인이
서핑보드에 몸을 실어
호수에 풍경화를 그린다

소녀는 볼프강과 하나가 된다

선착장
소녀가 앉아
긴 다리로 물을 밀어낸다
햇볕이 실루엣을 짓는다
숭어 몇 마리가 친구가 된다
첨벙첨벙 밀어내도 발목을 잡는다

체스키의 흑맥주는 달다

성곽이 보이는 레스토랑

운 좋게 방금 나가는 사람들의

냇가 좋은 자리를 차지하고는 행복하다

다리에는 가수의 노래가 흐른다

아홉 시 하늘은 아직도 밝은데

하나둘 성곽 조명등이 켜진다

가로등 불빛이 거리에 나선다

맛있는 흑맥주에

얼굴이 붉게 달아오르고

매콤한 칠리소스 치킨이 입에 붙고

청년이 건네주는 고기 한 점이 부드럽다

풍성한 식탁이 좋다

여행 중에 맞는 여유로움이다

접시마다 달그락 소리를 낸다

맥주 맛에 반해

한 잔 추가 감자튀김도

달다 맥주가

체스키의 밤 풍경도 달다

풍경이 맥주에 취해 간다

체코 마트에서 쇼핑을 하다

체코 대형 Mart에 차를 세운다
동네 마트에 가듯
카트를 밀고 들어선다
읽을 수 없는 문자들이 진열대 채운다
글자는 몰라도 안다
청년의 스마트폰이 번역기를 돌린다
유제품 코너에 머무는 시간이 길다
'싸다' '서울은'
소세지, 훈제 코너
돼지고기, 닭고기, 소고기 지나치다
쌀도 사고, 과일, 물도 부엌칼도
한참 만에 순간접착제를 찾았다
그녀의 일명 교복 신발이 입을 벌렸다
돌이 들어간다
융프라우는 그 신발과 같이 가야 한다
꿀술까지 챙기고는
카운터를 빠져나와 금액까지 꼼꼼히

체스키에서 아시아가 보인다

우르르 몰려다닌다
체스키 거리에서는
동양인이 많은 거리를 메운다
시끄러운 중국인
어디를 보아도 눈을 당긴다
한국인 들어선다
중년 여인들 남자 몇이 여유롭다
동남아시아의 억양도 가끔

돌로미티 유월은 봄을 그린다

하늘의 경계선
가파른 언덕 위에
6월의 봄이 피어난다
설빙은 아직 차가움으로 시리다
눈 녹은 자리 푸른 들판이 솟아난다
풀들 사이 여린 몸으로
꽃대를 세우고 잎새를 넓혀 간다
雪風이 몰아쳐도
꽃봉우리 만들어
서늘한 웃음을 피워낸다

아침은 여유로움 넘친다

새벽이다
나이가 들어가는 탓이다
태양이 조금만 고개를 내밀어도
잠 속에 머물지 못하고
뒤척이는 아침을 맞는다
여행이라는
낯선 잠자리 때문인가
커피 마시기 위해 물을 올린다
유럽에서도 한국산이 좋다
잔을 들고는 걷다
벤치가 보이면 좋고
돌계단이라도 괜찮다
털썩 앉아 풍경에 풍덩 빠진다
가끔, 식는 커피를 마신다
한국산 커피에
여기가 유럽이라는 것을 잊게 만든다
그저 여유로운 시간이
여유라는 것마저 잊고 내게 기댄다

아침은 비와 함께 왔다

커피잔을 들고
숙소의 문을 연다
돌로미티의 차가움이
발밑에서 스며 오른다
작은 공원에 들어서니
물방울이 발등을 타고 구른다
어제 내린 비는
선배드를 하얗게 적셨다
원두막 넓은 탁자에
커피잔과 스마트폰을 놓는다
흰 구름과 파란 하늘이 다가온다
푸른 산과 눈을 맞춘다

페라 집은 예쁜 창을 가졌다

9시가 넘어도
해가 지지 않는 하늘
기억 속에 인화된
엽서 속의 집들이 모여 있다
외롭게 초원 가운데
가파른 산 위에 위태롭다
어울려 산다
작은 창
열고 닫는 창문으로
위쪽만 열 수 있는 창으로도
그리고, 나무 덧문을 있다
덧문을 닫으니 밤이
갑자기 방으로 찾아든다

아침, 산이 다가오다

급경사 산자락
뿌리내린 나무들이
급하게 하늘을 오른다
햇살을 쫓아
쉬는 시간도 없이
하얀 차가움이 싫어
긴 곁가지를 만들지 않는다
곧게 곧게
바람이 못 들어오게
서로 몸을 기대며
푸르게 물들인다

설산의 속삭임을 듣다

맨살의 바위
봉우리의 거대한 암석
날카로움이 하늘을 베고
뾰족함으로 구름을 찌른다
흙 한 줌 담지 않고
민낯으로 햇살 받고
비로 살을 깎는다
봄 여름 가을이 지나면
흰 눈에 몸을 덮고 잠에 빠져든다

페라의 벤치가 행복을 전한다

덜 마른
나무 벤치 끝에
자리를 만들어
살짝 엉덩이를 내려놓는다
겨우 산을 넘은
햇살이 달려와
이마에 톡톡 스며든다
눈부심에 눌려
스스로 눈이 감긴다
스르륵
등받이가 몸을 당긴다
느긋함이 머물고
평화로움이 옆에 앉는다

느린 시간과 친구가 되다

휴식이란
멈추는 것이 아니다
느리게 걷는 것이다
달리던 시간을 정지시키고
주변을 보고 걷게 하는 여유로움이다
멈추어 버리면
다시 일어나기 쉽지 않다
멈추어 있는 시간은
계속 멈추어 있을 수밖에

안경을 벗어 놓다

벗겨진
넓은 탁자에
안경을 벗어 놓다
모락모락 김을 올리는
검은 컵이 커피를 품는다
몇 장 넘겨진
작은 메모장 위에
Bic 볼펜이 놓였다
물기에 가려진 유리창
하늘에 암봉(岩峰) 걸린다
팔장 끼고
차가운 기운에
생각이 눈을 감는다

이탈리아 북부는 기억을 세운다

기억이라는 이름으로
즐거움을 주었던 많은 것들이 줄어든다
최선이라는 이름으로
행복함을 만들었던 것들이 사라져 간다
현실은 무디게 나를 에워싼다
힘겨운 만큼
과거의 시간에 매달린다
가볍게 부딪치고
쉽게 아물던 시간
가벼움을 불러내는
통로는 마음대로 되지 않는다
보고 싶은 것
느끼고 싶은 것이
달려와 품으로 안기지 않는다

페라의 새소리에 귀가 열리다

눈을 감고
세상과 담을 쌓지만
새소리에 무너진다
보는 세상은 사라지고
듣는 세상이 전부가 된다
소리는 빛이 되어
풍경을 만들어 놓는다
푸른 들판
키 큰 나무
작고 귀여운 새
눈을 감는다고
빛이 사라지는 것은 아니다

비 오는 날 폐라는 취침 중이다

파란 하늘은 사라졌다
회색 천막이 지붕처럼 내려앉는다
빗물이 지붕을 타고 내린다
창문은 모두 닫혔다
가로등을 켜지 못하는
어스름이 산을 걸어 내려온다
휴식의 시간
침대에 뒹굴지 못하고
숙소 앞 사각의 원두막에 앉는다
산들은 운무로 가려졌다
비탈에 키 큰 나무가
비에 젖어 푸르게 춥다

유럽의 집은 테라스를 사랑한다

집마다 테라스를 가졌다
벽마다 매달린다
층층마다 걸려 있다
방마다 문 열면 만난다
덧문 닫으면
고립되는 세상이다
가끔,
세상과 소통하고
이웃과 이야기하려

문치온 빗방울이 아침을 만든다

빗방울에 부딪쳤다
눈을 떴다
여기는 돌로미티 문치온이다
떠나온 지 한 달
양평 집이 그립지 않고
두고 온 사람들이 보고 싶지 않다
떠돌이 피가 흐른다
선베드 위가 편안하고
투명한 흰 구름이 익숙하다
낯선 언어에 포위되어도 불편이 없다
소통의 불편함이 한국을 그립게 만들지 못한다
불편함은 당연함이 되었다
누군가 부딪치고 해결하기 때문이다
그저, 하루의 일상을 산다
일어나 먹고
짐 챙겨서 떠나고
여행자의 생활이 익숙함으로 젖어 간다

문치온이 휴식을 강요한다

휴식 중이다
긴 여정이었다
그녀가 몸이 안 좋다
쉬어 가는 시간이 만들어졌다
피곤함에 절었다
침대를 떠날 줄 모른다
누워 잠을 불러 본다
엷은 잠이 스멀거린다
기다려 보지만
깊은 잠이 들어오지 않는다
밖으로
흰 구름
파란 하늘
높게 솟은 돌산
곧은 나무가 안경 속으로 쏟아진다

신호등 없는 길을 걷다

하늘과 땅 사이
비어 있던 공간이
비로 가득 채워진다
빈틈없는 충만함이
거리에 내려앉는다
피할 곳 없는 지붕은
비를 받아 지상으로 보낸다
가로등이 축축하다
도로는 길이 되어
빗물을 통행시킨다
신호등 없는 길은 달린다

빨간 신호등에 걸리다

여기에 왜 왔을까?
빗방울에 포위되어
이 작은 공간에 머무는가
말이 통하지 않는 곳
눈 하나 호강시키려고
배낭 하나 짊어지고 날아온 길
오도 가도 못하고 머물러 있는 시간이다
새로운 풍경 앞에
나를 잊고 감탄사를 쏟아낸다
깊은 역사 문화에 나의 작음에 눈을 떴다
웅장한 자연경관에 우리의 나약함을 알았다
달리던 시간
비(雨)라는 빨간 신호등에
휴식이라는 이름으로 기다림의 시간을 보낸다

양평으로부터 전화벨이 울린다

거는 것도 받을 일도
없는 사람이라 로밍을 하지 않았다
걸고 싶은 마음이 일어나지 않는다
받고 싶은 소식도 기다림도 없는 시간이다
집을 부탁한 후배의 전화가 뜬다
안부 전화겠지
다시 오늘 벨이 울리고
걱정스러움이 고개를 든다
페북을 켜고 수많은 동명의 사람들을 본다
양평이라는 키워드는 잡히지 않는다
로밍을
급한 일이면 문자하겠지
걱정하는 마음을 내려놓는다

모성을 품는다

나무는
본능적으로 밀어내지 못한다
파고들어도 밀쳐 내지 않는다
속으로, 속으로 품는다
바람이 몰려와도
출렁이면서 안으로 받아 낸다
씨앗을 빼앗겨도
자리 내어주고 배부르게 먹여 준다
옆을 보지 않고
곧게 곧게 하늘로 오른다
바람에 내어주고
시간에 깎여
푸석한 그루터기 남을 때까지
주고 또 준다

Ⅲ.
피로, 그리고 아쉬움

스위스는 여행객에게 속삭인다

기다림이 없는 시간이 있을까
그냥!
무심을 포장해 보지만
그냥은 지루하지 않게 기다리는 모습이다
잊었다는 말은
간직할 수 없어서 아쉬움을 말하는 것이다
놓았다는 것은
가질 수 있을 만큼 작지 않아
큰 세상에서 더 많이 갖고 싶은 하소연이다

산에는 신들이 산다

거대한 자연 앞에
나는 자연스럽게 사라진다
자연이 만들었기에 섬세하다
자연이 쌓았기에 장엄하다
무엇 주려고
아름다운 세상을 만들었을까
인간사의 힘겨움 잊으라고

키엔탈 5시 59분

워낭 소리가 창을 두드린다
숲이 단장하고 하루를 연다
나무도 새 얼굴로 아침을 맞는다
연둣빛 들판에 햇살이 양탄자를 깐다
두건을 벗은 산봉우리가 얼굴을 내민다
오랜만에 햇살이
선텐하듯 능선 위에 누워 버린다
하늘이 파랗게 푸르다
동네에 들어서는
물소리가 지나간다고 손 흔든다
언덕의 오두막이 툭툭 이슬을 털어낸다

스위스 평화를 만나다

몸시계는 6시를 알려 준다
어설픈 몸뚱이가 문을 연다
눈부심이 눈을 열게 한다
산이 햇살을 쏟아붓는다
봉우리가 민낯이다
흐르던 햇살이
푸른 능선에 숨었다가
하얀 능선을 따라 걷는다
설빙에 눈을 반쯤 가린다
햇살이 봉우리를 돌아서
산비탈 초지에 들어선다.
나무들이 산을 오를 듯
긴 그림자를 만들어 낸다.
아침 스위스 평화로움
커피 한 잔으로 행복을 추가한다

키엔탈, 모닝커피를 마신다

숙소 앞 탁자에
커피잔을 놓고 앉는다
노트를 열어 놓고
봉우리와 눈 맞추면 초원이 다가온다
설산에 다가가
속마음을 살펴보지만
첫 마음을 열지 않는다
끝내 보여 주지 않는다
그래도 위로가 되는 것은
눈 이야기를
봉우리의 마음을
나무들의 이야기를
냇물이 속삭인다
더 열라고

키엔탈, 새로운 시간

아침은
어제의 모습을 보여 주지 않는다
한 점 구름을 만들든지
하늘을 더 파랗게 그리든가
하다못해
산비탈의 나뭇가지에
나뭇잎 하나라도 손톱만큼 자라게 한다
큰 것만 보기에
티 나지 않는 작은 화장에
어제의 아침으로 착각하기도 한다
밤새 잠자지 않고
희망 주고
즐거움을 주기 위해

키엔탈에는 외로움이 산다

산이 있다
푸르름이 살지 못하는
기암괴석이라는 이름으로
봉우리를 만들고 있다
언제나 민낯으로
하늘과 부딪치며 산다
손길을 거부하고
나무의 자람도 허하지 않는다
푸른 하늘과
흰 구름과 교제하는
콧대 높는 산들이 있다
서로 손잡지 못하고
멀리서 바라만 보아야 하는

휴식은 눈 감으면 찾아온다

눈 감으면
소소한 것들이 몰려든다
가느다란 실바람이
바지 속으로 스며든다
어느 집에 보내는지
톡탁톡탁 속삭임 들려온다
낮게 나는
새들의 폴락거림도 이어진다
벌레를 찾는
새들의 두리번 소리도 찾아든다
작은 소리는 더 작아지고

스위스, 설레임을 다시 만나다

떠남이라는 것은
그리움을 챙겨 넣고 가는 것이다
낯선 무서움이 밀려올 때
집이 주는 아늑함이 위로가 된다
누군가에 이끌려
문밖에서 처음 만나는 것에 대한 설렘이
익숙함을 잊고 즐거움에 빠져 버린다
설레임이 막혀 버리면
그 틈으로 익숙했던 편안함이 확 들어온다
그 불편함도 그리움의 꽃으로 피어난다

쉴트호른에 오르다

스위스에서 마지막 날이다
융프라우에서 운무에 갇혔다
그린델발트에서도 봉우리를 못 보았다
아쉬움을 두고 갈 수는 없다
아가씨들의 민낯을 보고 가야 한다
쉴트호른
케이블카 뒤편 절벽이 병풍이다
물은 무서움에 물보라를 뿜는다
운무가 케이블카를 삼킨다
정상 엷은 구름이 막는다
기대가 부풀면 새로운 운무가 막는다
기다림 한 시간을 넘겼다
공짜 컵라면이 위로를 준다
조금만 더 한 시간 허락하지 않는다
중간역에 산길을 택했다
계곡도 만나고 소도 보면서 넷의 길을 만든다
다리가 무거워지니 마을이 나타난다
작은 연못이 보이고 차도 보인다
도시락을 꺼내 늦은 점심을 먹다
주차장까지는 10분 멀다

아침은 워낭 소리가 연다

신선함이 주머니 속을 파고든다
설산의 차가움이 눈을 번쩍 뜨게 한다
스위스의 아침은 '워낭 소리'로 시작한다
소들이 풀을 뜯는다
워낭이 골짜기에 메아리를 만든다
소는 보이지 않고
워낭이 대합창을 만든다
구름이 산을 타고 내려온다
비가 온다는 예보가 틀리지 않는다
커피 한 잔을 놓고 글자 몇 자 적는다
이 풍경이 좋다
강아지 데리고 나가는
서양 남자의 '굿 모닝'의 인사도 낯설지 않다
또 하루의 시작이다
커피가 달다

산은 부끄러움이 있다

구름이 산을 품었을까?
산이 구름을 안았을까?
많은 시간을 구름 곁에 있다
바람 부는 날에 민낯을 보인다
햇볕 쨍한 날에 푸른 속살을 내민다
숨겼다가 보여 주고 감추었다 드러낸다
옷 갈아입듯이
산은 구름을 부른다
구름이 산을 찾는다

유럽 길을 달린다

차에 시동을 건다
기어를 넣고는 나선다
중앙선이 없는 길을 달린다
차와 마주치면 브레이크를 밟고
속도를 줄이고 오른쪽으로 달라붙인다
차들이 '쌩' 소리로 지나간다
만나는 회전 교차로
Stop이라는 글자에
여기저기 살피기
바뀌는 속도 제한 표지판이
브레이크 위에 발을 올리게 한다
마을은 30km로 굽은 길은 20km
고속도로의 길은 130km 달린다
진출입로는 어김없이 50km로
동그란 빨간색 'ZTL존'이 무섭다
규정 속도의 운전이
가끔, 뒤 차량이 클랙슨을 누르게 한다
규정 속도는 긴 꼬리를 만든다
도로 옆에 차 세우고
다시 여유로운 마음으로

여행자의 아침 시계는 빠르다

아침마다 나서는 길은
예정된 시간보다 늦어진다
일찍 일어나서
서두르며 시작하지만
출발하는 것은
약속된 시간보다 늦는다
밥 먹고, 양치질하고
옷 입고, 화장하는 일인데
똑같이 반복되는 일인데
오늘도 시간을 어기며 나간다
하루하루 지내다 보면
빨라져야 하는 일인데
언제나 늘어져 가는 시간이다
오늘 아침도
일찍 나가겠다고 서두른다

유럽의 시골길은 숨바꼭질을 좋아한다

언제나 굽은 길이다
오른쪽으로 굽고 왼쪽으로 돌아간다
평원이라 곧게 뻗은 길을 만들 수 있는데
눈앞에 보이는 곳도 이리 돌리고 저리 도는
시간이 필요하다
길은 짧은 거리만 보여 준다
갈 만큼만 앞길을 알려 준다
어느 쪽으로 가는지 달려야만 열린다
나무에 가린 오래된 길이다
구불구불 이어진 길이지만
한 번도 온전하게 보여 주지 않는다
빠르게 지나갈 수 없다
느리게 가라고
평원을 지나가는 길은
언덕이 있고, 그 위에 오래된 고성이 있다
옛날 성에는 사람들이 산다
언덕 위에 집이 드문드문 보인다
집마다 길을 만들고
길옆에 나무가 곧게 자라
열병식을 보여 준다

로텐브르크 동화 마을에 서다

오후 늦은 시간
동화 마을 성벽에 도착했다
성곽이 시야를 가린다
중심으로 향하는 도로가 열린다
성곽 오르는 좁은 계단이다
한 사람 다니기에 좋는
만나면 잠시 비켜 줘야 하는 길
동화 마을은 동화 속이다
파스텔 톤의 색들이 벽을 수놓고
높은 삼각형의 지붕들이 솟아 있다
작은 창문과 나무 띠들이 예쁘다
달력에서 보던 모습
광장 카페가 여유롭다
화려하지 않는 거리를 카메라에 넣는다
예쁘다, 좋다 감탄사를 지어낸다
하나둘 불이 켜지고
불빛은 새로운 마을을 내놓는다
계단에 앉아 시간을 잊어 본다
가야 할 시간이 넘었지만
잠시 놓고 풍경 속에 허우적거린다

바덴바덴에서 피피를 만나다

만날까! 말까?
통화는 해야겠다
반려견 보내고 힘겨운 날들
그래도 얼굴 보자고
초등학교 동창
독일 남자와 푸르게 사는 여자
88올림픽을 결정했던 바덴바덴
약속한 마트 주차장
짧은 기다림 피피가 보인다
말랐다
힘내! 말없이 힘껏 포옹이다
피피의 차를 타다
온천수가 나오는 공원
만들어 온 한국 음식을 맛있게 넣는다
친구다
온천수를 한 컵씩
카페와 레스토랑 노상에 탁자들
어울려 커피라도 마시면 좋겠다
갈 길이 멀다
다음에 집에서 머물다 가라

비바람에 쫓겨나다

대학 도시 하이델베르크
성 가까운 지하 공영 주차장 나선다
컴컴한 하늘이 거리로 쏟아진다
이정표를 따라 골목길을 오른다
이 길이 맞는가
성이 보이지 않는다
계단을 오르고 성안으로 들어섰다
주차장이 있다
성곽에서 포즈를 잡자 비가 달려든다
광풍이 몰려온다
기다림으로 서성이다 어둠을 만나다
아쉬움을 접고
흔들거리는 우산을 쥐고
골목 계단을 급히 달린다

바트슈바르 개인 주택에 짐을 풀다

비는 멈추지 않는다
어제 그랬고 오늘도 낯선 길이다
끝없는 평원 길을 달린다
몇 개의 소도시를 지나쳤다
어디쯤이 우리가 쉴 집인가
구릉 위에 집들이 있다
빗줄기가 가늘어졌다
주택가 골목길을 지나서 숙소에
초인종을 누르고 들어가
청년이 한참 후에 나왔다
쉬고 싶은 마음에 우르르 들어서다
급히 멈춰 신발을 벗었다
동양 냄새가 풍긴다
인도의 그림이 벽에 있다
깔끔하고 정돈된 집이 부담스럽다
고기를 구워 먹고 싶은데
어지럽히면 안 될 분위기에
작은 아이는 쇼파를 고집한다
3층의 침대를 혼자 쓰게 되었다
더 머물고 싶다

가데린 캠핑장에 숙소를 정하다

네덜란드 길은 고개가 없다
평평한 도로가 있다
급하게 구부러지지도 않는 길이다
낯선 가로수가 맞아 주는 길
멀리 나무들이 가득한 숲이 캠핑장이다
비 예보에 텐트를 칠 수 없다
통화를 끝내고 한참의 기다림이다
아이의 손을 잡은 할머니와 딸이 나타났다
따라오라고
어디서나 그렇듯이
예쁜 손녀딸 자랑을 풀어 놓는다
커다란 침대, 작은 싱크대와 조리 공간이다
화장실도 있고 한편에 이층 침대도 있다
텐트보다는 좋다
침대 위층은 내 자리다
오를 때마다 삐그덕 소리를 낸다
출구로 가는 길은 샤워장의 불빛만이 환하다
입구 레스토랑은 어둠에 젖었다
저녁을 먹고 레스토랑에 가다
근처 벤치에 앉으니 와이파이가 터진다

전통시장에 서다

암스테르담

주차장을 벗어나니 다른 세상이다

많은 수로에 배가 지난다

길에는 분주함이 걸어다닌다

수로는 다리를 만든다

보는 곳마다 풍경화를 그린다

여기는 좋고

저기도 예쁘고

지나치고 싶은 곳이 없다

취해서 셔터를 누른다

발은 가야 하는 길을 잃었다

잊었던 목적지를 찾아 나선다

전통시장 양쪽에 천막이 시끄럽다

먹거리는 냄새로 당기고

공예품이 예쁨으로 유혹한다

고소한 닭튀김도 산다

생선튀김도 먹는다

땅콩도 사서 입안에 넣는다

복잡하다 길을 찾아가야 한다

먹다 보니 배가 부른다

화장실이 급하다 1유로

즐거움은 시계를 빨리 돌린다

오늘도 미련을 흘리며 떠난다

기에트론 마을을 찾아가다

기에트론이다
주차장 옆에 마트
비싸다는 결론이다
걸으니 수로가 있다
배들이 흔들거린다
소가 초지에 풀을 뜯는 풍경
수로가 겹겹이 이어지고
많은 다리들이 수로를 건넌다
수로 사이 집들이 산다
들어오지 말라는 문구가 문패처럼 달렸다
음식점이 냄새로 유혹하고
카페는 분위기로 당긴다
배가 오고 간다
10명 보트부터 2명이 타는 보트까지
살고 싶은 마음이
어느 예쁜 집 앞에 멈추게 한다
달콤한 유혹에 아이스크림을 샀다
풍경 앞에 엉덩이가 붙어 버렸다
아쉬움이 카메라의 셔터를 누른다

브뤼셀에서 맥주를 마시다

브뤼셀

시내 한복판에 아파트다

곳곳이 공사 중!

내비는 가라고 하는데 길이 없다

돌다가 빌딩 지하 주차장에

알고 보니 아파트 지정 주차장이다

골목길을 들어가니 바로 숙소

깔끔하고 넓다

저녁을 먹고 셋이 아파트를 나섰다

그녀는 쉬고 싶다

십여 분 걸어서 시끄러운 가게에 들어서다

월드컵으로 유럽은 떠들썩하다

오늘 벨기에 경기가 있는 날이다

티비에 시선들이 모여 있다

무엇을 마실까

망설임 없는 두 청년이 맥주와 안주를 시킨다

나는 그냥 따르면 좋다

벨기에가 이겼다

두세 잔으로 기분만을 챙긴다

맥주값도 깎아 준다

겐트 거리에 서다

네덜란드의 풍경이 겹쳐진다
소도시의 아기자기함이 있다
수로를 큰 운반선이 지나간다
인도 위에 긴 줄을 만나다
가게 앞까지 이어진 행렬이다
와플파이와 감자튀김
청년이 줄을 선다
와플파이를 내민다
풍경과 어울려 맛있다
초콜렛 상점 상품들이 눈길을 세운다
사람을 떠올리며
지갑을 열고 선물을 담는다
예쁜 식탁보 앞에서
몇 번 들락거리던 그녀는
100유로가 넘는 식탁보를 가방에 담다
오후 10시 유럽의 낮은 아직 활동 중이다

퐁텐블로 숙소에서 조용하라는 항의를 받다

프랑스 국경을 넘다
스마트폰으로 문자가 쏟아진다
고속도로를 벗어났다
농촌 풍경 속에 빠졌다가
퐁텐블로 도심 속으로 흘러든다
몇 번의 우회전 좌회전
목적지 아파트 근처에 도착하다
주차장 표지판의 시간을 확인한다
24시간인지 8시간
과태료가 부과될 수 있다
트렁크 끌고 배낭을 메고
아파트 큰 대문
열고 들어서니 계단이 보인다
엘리베이터가 없다
3층까지
깔끔하고 주방도 마음에 든다
시끄럽게 준비하고 왁자지껄 식사를 했다
늦게까지 이야기를
아침 벨소리에 나가 보니
이웃이 조용해 달라는 항의다

알바트로스를 세차하다

이제
하루만 지나면 이별이다
우리 동반자 알바트로스와 헤어져야 한다
그냥 돌려줘도 괜찮다
그녀는 깨끗하게 반납해야 한다
청년들은 대충하자고
안 된다고
물을 받아 걸레질을 한다
40여 일
탈 없이 함께한
차에 대한 예의라고
힘들지만
같이 안 하는 청년들을 책망하며
그냥 보내는 것을 허락하지 않는다
닦고 문지르고
문을 열어 털고
이별을 준비한다

파리에 짐을 풀다

파리에 들어서다

도로들이 어지럽다

내비에 의존해서 우회전 좌회전이다

3일간 묵을 숙소 대로변의 아파트

어떻게 주차하고 짐을 내릴까

복잡하다는 선입견에 잡혀

조바심을 놓지 못하고 도착했다

주차 공간이 생겼다

통화를 하고는 아파트 통로에 들어갔다

돌아와 짐을 내리고

아파트 중앙 통로를 지나

또 다른 건물이 보인다

돌아가 문을 열고 최악 숙소를 만났다

바닥에 매트리스 하나

정리 안 된 이층 침대

좁은 주방 그릇도 없다

세면 공간도 불편하다

파리라고 하지만

이런 공간을 4인용 숙소라고

이 정도라고 선택지는 없다

알바트로스를 돌려주다

로마에서 시트로엥 직원이
빨간색 시트로엥 C4 서류를 넘겨주며
이제 당신의 차입니다
하던 때는 벌써 40여 일이
로마에서 시작해서 이태리 남부
그리고 북부 스위스, 슬로베니아, 체코, 오스트리아를 거쳐
독일, 네덜란드, 벨기에를 지나 프랑스 파리까지
8000km 달렸던 시간이 지났다
캠핑장에서 작은 아이의 잠자리
만나는 순간부터 좋았다
그리고 함께 내내 한 번도 변하지 않았다
운명처럼 만났는데 이제 떠나보내야 한다
데리고 가고 싶다 서울까지
이 예쁜이를 보낸다는 것이 아릿하다
주차장에 차를 세우고
운전대를 톡톡 치며
'그동안 정말 고마워 수고했어' 말을 전한다
직원이 키를 받아
지하 주차장으로 향하는 뒷모습에
나도 모르게 손을 흔든다

'좋은 사람 만나서 행복하게 지내'
파킹하고 돌아온 직원이
엄지손가락을 올리며 퍼팩트 한다
우리 모두는 잘 지냈구나

파리는 선택을 강요한다

선택은 강제성을 동반한다
무엇인가 버려야 한다
버리지 않고는 선택할 수는 없다
더 좋을 수 있는데
하나의 이유가 끼어들어서
차선의 선택을 강제한다
행복할 수도 있는데
하나의 문제가 생겨
행복하지 않은 길을 걷게 된다
선택하는 상황을 만들지 않으려고
도망치고 피해 보아도
자연이 선택을 강요하고
사람들이 선택을 만들어 놓는다
되돌아갈 수 없는
막다른 골목에 두 길을 만들어
하나의 길을 강요한다

파리의 아침, 바게트 빵을 뜯다

빵을 먹다
아침이 배고픔을 빨리 부른다
'밥이 든든해' 하시던
어르신들의 말씀이 정답이다
커피 한 잔에
바게트 빵 몇 조각이
배고픔을 잊게 하지만
한 끼 식사가 주는 충만감은
머릿속에 찾아들지 않는다
보슬보슬 압력솥 밥과
간간한 밑반찬이 먹고 싶다
5시가 넘어가는 시간이다

개선문까지 걷다

숙소를 나선다
전철역을 지나서
파리에 머무는 동안 뚜벅이족이다
나는 데이터가 없다
큰아이가 안내하는 대로 따라가면 된다
큰아이와 그녀가 앞장서고
작은아이와 나는 따라가면 된다
둘은 적극적인 여행자가 되고
우리 둘은 소극적인 여행자가 되었다
두 사람을 따라 동행하면 된다
미술관에 들리면 감상하고
박물관에 들려서 유물을 보고
늦은 오후에 숙소로 돌아와 점심을 챙겨 먹는다
오후 10시
걸어 개선문으로
거리는 한가롭다
포토존에서 셔터를 누르고
개선문에 오르지 못한 아쉬움이 뒤돌아보게 한다
셔터를 누른다고
두 사람은 뒤에서 마냥이다

파리의 저녁, 사랑을 이야기하다

사랑은

배려여야만 하는가

나는 없고 너만 있는가

사람의 사이에 있는가

사랑은

독재로도 나타나는가

나만 있고, 너는 없는

두 사람은 이어질 수 있는가

독재로서 이끌고

배려로서 따르는

그렇게 충만한 사랑은 가능한가

서울행 짐을 싸다

마지막 날
아쉬움이 늦게까지
파리 시내를 휘젓게 했다
언제 다시 오려나
3일, 일주일은 머물러야 하는데
큰일이 남았다
트렁크 4개만을 채워야 한다
배낭에 넣고 나머지는 버려야 한다
가볍게 가자고 했는데
그녀는 다 돈이라
침낭 버리고 텐트 두고 가자 해도
넣을 수 있는 대로 넣겠다고
터지게 트렁크를 채운다
다음 여행자를 위해
취사도구를 주방에 놓다
정 안 든 것은 하나도 없는데
버려야 한다는 것이 아프다